LES SCIENCES C'EST PAS SORCIER

LA CONQUÊTE SPATIALE

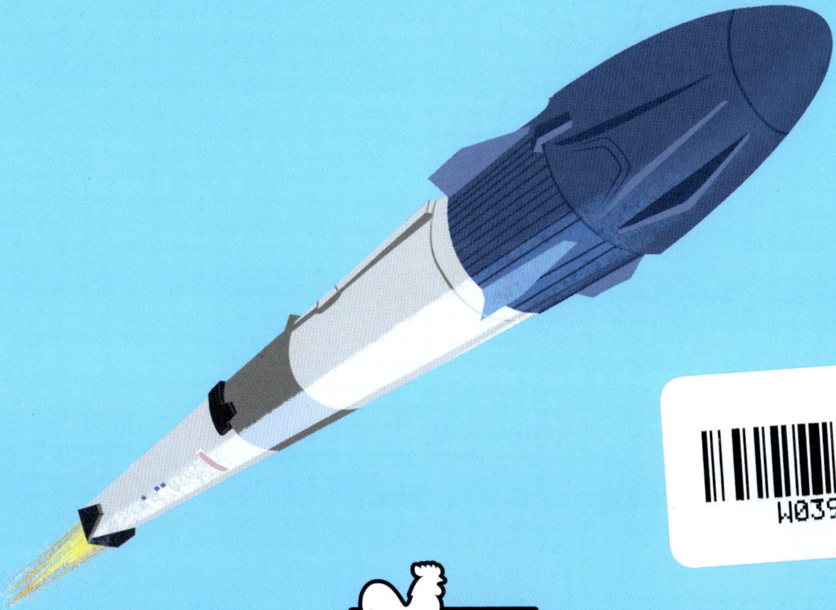

W0390583

DEUX COQS D'OR

Auteure : Aurélie Desfour
Illustratrice : Claire Wortemann

Directrice : Sarah Kœgler-Jacquet
Directrice de projets : Sandra Berthe
Graphiste : Mylène Gache
Éditrice : Nathalie Marcus
Fabrication : Morgane Lajeunesse

Suivi éditorial : Aurore Meyer
Mise en pages : Eddy Pierrel
Lecture-correction : Agnès Scicluna
Relecture : Sophie Bazin

58, rue Jean Bleuzen – 92178 Vanves CEDEX.
Dépôt légal : mars 2022 – Édition 01.
Imprimé en Espagne par Macrolibros. Achevé d'imprimer en mars 2022.
Loi n° 49-956 du 16 juillet 1949 sur les publications destinées à la jeunesse.

SOMMAIRE

UN RÊVE TRÈS ANCIEN

Depuis le site préhistorique de Stonehenge, en Angleterre, des hommes primitifs observent déjà les étoiles. Plus tard, les civilisations des Mayas, des Grecs, des Romains et des Égyptiens ont la même fascination…

COMPRENDRE LE CIEL

Dès l'Antiquité, on assiste à la naissance de l'astronomie, la science de l'observation des astres. Elle cherche à expliquer l'origine des astres, leurs éventuelles évolutions, mais aussi leur influence sur la vie de tous les jours. L'observation du mouvement des étoiles à l'œil nu permet de créer les premiers calendriers, très utiles pour l'agriculture.

INCROYABLE mais vrai !

Le philosophe et mathématicien grec Pythagore est le premier à affirmer que la Terre est ronde, simplement parce qu'il trouve que la sphère est la plus parfaite des formes !

DES HISTOIRES DANS L'ESPACE

Au IIe siècle déjà, l'auteur grec Lucien de Samosate raconte un voyage imaginaire sur la Lune. Puis, au XIXe siècle, la science-fiction offre des récits plus réalistes comme le roman *De la Terre à la Lune* publié par Jules Verne en 1865. Le cinéma prend le relais dès ses débuts, en 1902, avec *Le Voyage dans la Lune* de Georges Méliès. Mais tout ceci n'est encore qu'un rêve...

Robert Goddard et sa fusée en 1926

LES VISIONNAIRES

À la fin du XIXe siècle, le scientifique russe Constantin Tsiolkovski est le premier à imaginer une fusée à plusieurs étages. En s'inspirant de ses recherches, l'ingénieur américain Robert Goddard invente un moteur-fusée, c'est-à-dire un engin qui projette un liquide vers l'arrière. En 1926, sa première fusée atteint une altitude de 13 mètres, mais retombe au bout de 2 secondes... dans un carré de choux !

LES PIONNIERS

L'espace passionne de nombreux scientifiques, inspirés par Jules Verne. Ceux-ci créent des sociétés astronautiques pour imaginer le vol spatial. En Allemagne, la *Société pour la navigation dans l'espace*, fondée en 1927, compte parmi ses membres le physicien Hermann Oberth et Wernher von Braun, qui mettront au point des fusées militaires ensemble.

UN TREMPLIN POUR L'ESPACE

Si les avions ont permis la conquête du ciel, ce n'est qu'avec la fusée que les hommes ont pu atteindre l'espace.

DES ARMES À LA FUSÉE

La première fusée est une arme ! En 1944, les ingénieurs de l'Allemagne nazie ont inventé les missiles : des bombes propulsées très loin sans pilote. Appelées V2, ces armes redoutables sont les ancêtres de tous les lanceurs de la conquête spatiale !

DES MISSILES DANS L'ESPACE

Après la Seconde Guerre mondiale, les scientifiques nazis vont poursuivre leurs travaux aux États-Unis ou en URSS. C'est la guerre froide entre les deux pays : malgré la paix, chacun menace l'autre, en inventant des missiles toujours plus puissants. L'année 1957 est décisive. Choisie par des scientifiques du monde entier comme « année géophysique internationale » pour étudier les relations entre la Terre et le Soleil, elle décide les États-Unis et l'URSS à se lancer dans une course à l'espace. La fusée trouve alors une nouvelle fonction !

LA FUSÉE DE DEMAIN

Construit par la société américaine SpaceX, le lanceur FALCON 9 transporte des astronautes et des marchandises jusqu'à l'ISS, la Station spatiale internationale. C'est la première fusée à comporter des parties réutilisables. En effet, jusqu'ici, chaque fusée ne servait qu'une seule fois !

ZOOM SUR LA FUSÉE *FALCON 9*

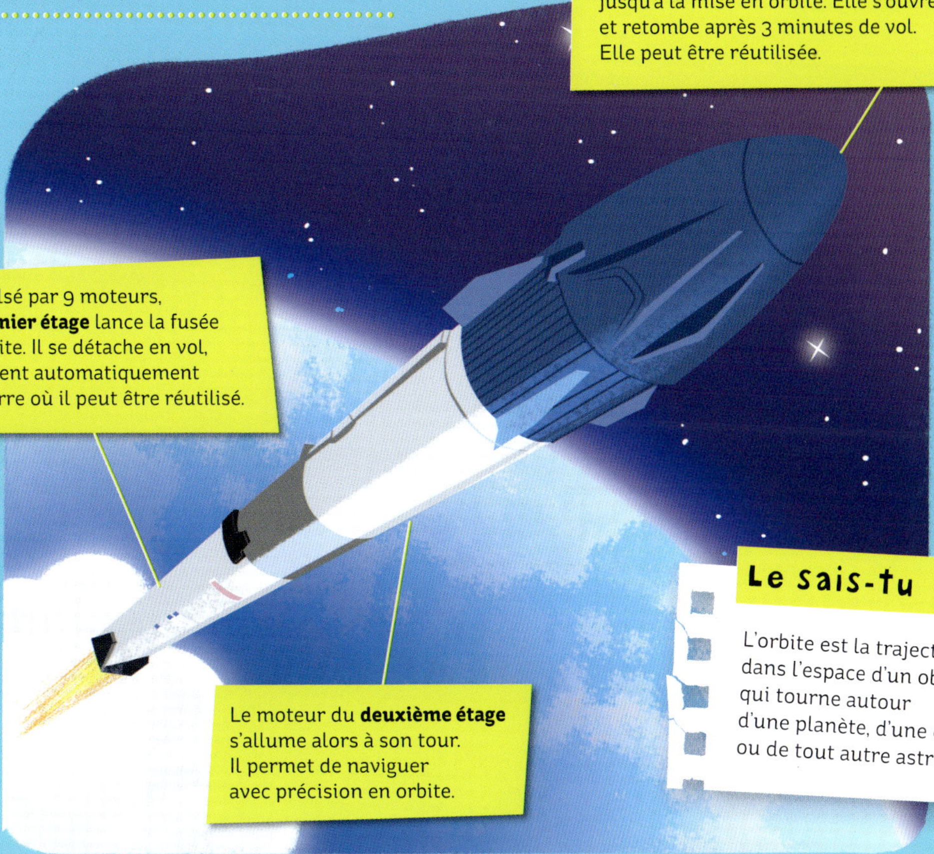

La coiffe sert à protéger le vaisseau et ses passagers ou le cargo et sa marchandise, jusqu'à la mise en orbite. Elle s'ouvre en deux, et retombe après 3 minutes de vol. Elle peut être réutilisée.

Propulsé par 9 moteurs, **le premier étage** lance la fusée en orbite. Il se détache en vol, et revient automatiquement sur Terre où il peut être réutilisé.

Le moteur du **deuxième étage** s'allume alors à son tour. Il permet de naviguer avec précision en orbite.

Le sais-tu ?

L'orbite est la trajectoire dans l'espace d'un objet qui tourne autour d'une planète, d'une étoile ou de tout autre astre.

LE SYSTÈME SOLAIRE

Lorsque nous observons le ciel la nuit, nous voyons briller la Lune bien sûr, mais également des milliers de points lumineux : les étoiles. Parmi ces points brillants, on trouve aussi des météoroïdes... et des planètes.
Le Système solaire est constitué de notre étoile, le Soleil et de planètes qui lui tournent autour.

LES VOISINES DE LA TERRE

La Terre tourne autour du Soleil, l'étoile qui nous éclaire et nous réchauffe. Mais notre planète n'est pas seule. Au total, elles sont 8, qui tournent à des distances différentes du Soleil. Mais nous ne pourrons pas visiter toutes nos voisines !
En effet, les plus grosses planètes du Système solaire (Jupiter, Saturne, Uranus et Neptune) sont gazeuses : impossible de s'y poser ! Alors que Mercure, Vénus et Mars sont solides, comme la Terre. Mars est une des plus proches de nous, et c'est parce qu'elle est la plus propice à la vie que l'Homme souhaite y aller.

LES MÉTÉOROÏDES

Un météoroïde est un petit corps du Système solaire qui peut mesurer entre 1 millimètre et 1 mètre. On l'appelle « météorite » lorsqu'il s'écrase sur une planète.

INCROYABLE mais vrai !

Découverte en 1930, Pluton a été considérée comme la neuvième planète du Système solaire pendant très longtemps. Mais en 2006, les scientifiques se sont aperçus qu'elle faisait partie d'un groupe d'astres très éloignés du Soleil, trop petits pour être considérés comme des planètes.

Le sais-tu ?

Le Système solaire est composé de 8 planètes, des astres brillants qui renvoient la lumière reçue du Soleil, même si elles ne produisent pas de lumière propre.

URSS CONTRE ÉTATS-UNIS

L'URSS déclenche la course à l'espace avec les États-Unis en lançant le satellite *Spoutnik 1* en 1957. Les Soviétiques enchaînent les réussites, avant d'être rattrapés par les Américains.

DES HÉROS SOVIÉTIQUES

Sergueï Korolev

Cet ingénieur soviétique a l'idée d'utiliser un missile pour lancer un objet dans l'espace. Grâce à lui, le 4 octobre 1957, l'URSS met en orbite le premier satellite artificiel, *Spoutnik 1*.

Luna 2

Le 12 septembre 1959, cette sonde sans pilote devient le premier engin construit par l'homme à atteindre la surface de la Lune.

Laïka

Cette chienne est le premier être vivant envoyé dans l'espace. Elle est devenue célèbre pour avoir voyagé autour de la Terre à bord de *Spoutnik 2* le 3 novembre 1957. Encore aujourd'hui, c'est une star en Russie !

Youri Gagarine

Il est le premier homme envoyé dans l'espace, le 12 avril 1961.

Valentina Terechkova

Elle devient la première femme envoyée dans l'espace, le 16 juin 1963.

Petit lexique

SATELLITE
Un satellite est un objet en orbite. Il peut être artificiel (créé par l'homme) ou naturel (comme la Lune).

L'URSS DOMINE L'ESPACE

Dès 1957 et pendant les années 1960, l'URSS prend beaucoup d'avance dans la conquête de l'espace. Pour rattraper leur retard, les États-Unis créent en 1958 une agence spatiale, la NASA. Mais de nombreux essais sont des échecs. Même quand les Américains parviennent à égaler les Soviétiques, c'est toujours plusieurs mois ou plusieurs années après leur concurrent.

LA RIPOSTE AMÉRICAINE

Dans son discours du 25 mai 1961, le président américain John Fitzgerald Kennedy met au point une stratégie pour rattraper et même devancer les Soviétiques. Il demande à l'Amérique de tout mettre en œuvre pour réussir à faire atterrir un homme sur la Lune avant 1970... et bien sûr, de le ramener en vie !

ON A MARCHÉ SUR LA LUNE

Le défi du président Kennedy est relevé le 21 juillet 1969 : le premier homme à marcher sur la Lune est américain.

UN ÉVÉNEMENT MONDIAL

L'atterrissage d'Apollo 11 sur la Lune marque le tournant de la course spatiale entre les États-Unis et l'URSS. Environ 500 millions de spectateurs suivent l'événement à la télévision en direct. En posant le pied sur la Lune, Neil Armstrong prononce ces mots célèbres : « C'est un petit pas pour l'homme, mais un grand pas pour l'humanité. »
Les Américains battent enfin les Soviétiques.

DES MISSILES DANS L'ESPACE

Neil Armstrong passe son brevet de pilote avant son permis de conduire, et accomplit de nombreuses missions pendant la guerre de Corée. Il devient ensuite pilote d'essai. Très courageux, il survit à de nombreux accidents, avant d'être sélectionné par la NASA pour rejoindre les premiers astronautes. À 38 ans, Neil Armstrong marche sur la Lune et devient aussi célèbre que Christophe Colomb.

LES AMÉRICAINS SUR LA LUNE

Après le succès d'Apollo 11, les missions sur la Lune continuent deux fois par an jusqu'à Apollo 17. Seule la mission Apollo 13 fait demi-tour, à cause d'un incident technique. Au total, 24 hommes ont orbité autour de la Lune et 12 d'entre eux ont marché dessus. Ils étaient tous américains.

Le sais-tu ?

Pour explorer la surface de la Lune, les missions Apollo 15, 16 et 17, ont utilisé des rovers lunaires, de petites voitures électriques. Les trois exemplaires y sont encore !

Badge de la mission Apollo 17

LA LUNE PASSÉE DE MODE

Depuis Apollo 17 en 1972, personne n'est retourné sur la Lune. En effet, les voyages lunaires coûtent très cher. Et depuis la fin de la guerre froide, l'URSS et les États-Unis dépensent moins d'argent dans la conquête spatiale. De plus, les gens s'intéressent moins à l'espace et à l'exploration du Système solaire.

LES FEMMES DANS LA COURSE À L'ESPACE

La conquête spatiale n'est pas seulement une histoire d'hommes. Sur Terre et dans l'espace, des femmes ont participé à cette grande aventure !

LES « CALCULATRICES » AFRO-AMÉRICAINES

Dans les années 1960, les États-Unis appliquent la ségrégation raciale, c'est-à-dire que les personnes de couleur n'ont pas les mêmes droits que les Blancs ! Pourtant, ce sont des femmes afro-américaines qui vont permettre à la NASA de gagner la course à l'espace ! Parmi elles se trouvent Katherine Johnson, Dorothy Vaughan, Mary Jackson et Christine Darden. À l'époque, les ordinateurs ne sont pas assez performants. Ces femmes sont donc chargées de faire des calculs très complexes pour s'assurer que les vaisseaux spatiaux prennent les bonnes directions.

UNE SOVIÉTIQUE EN PREMIER

Quand ils rentrent sur Terre, les astronautes doivent sauter en parachute depuis leur vaisseau. Comme Valentina Terechkova est une grande parachutiste, elle est choisie par l'URSS à 26 ans pour devenir la première femme envoyée dans l'espace, le 16 juin 1963.

UNE FRANÇAISE DANS L'ESPACE

Claudie Haigneré est la première femme française et européenne à s'envoler pour l'espace en août 1996. Elle y réalise des expériences scientifiques pendant seize jours.

Le sais-tu ?

Retenue parmi les premières femmes recrutées par la NASA, Sally Ride décolle le 18 juin 1983 à bord de la navette spatiale. Elle est la première Américaine à se rendre dans l'espace, vingt ans après Valentina Terechkova.

MISSION ANNULÉE

En 1961, la NASA lance un programme pour envoyer des femmes pilotes dans l'espace. Malheureusement, la mission est annulée. Parmi elles se trouve Wally Funk. Soixante ans plus tard, le 20 juillet 2021, son rêve s'est réalisé : à 82 ans, elle est devenue l'astronaute la plus âgée à voyager dans l'espace !

L'ESPACE : UN UNIVERS DIFFICILE

Après les premiers vols habités en orbite terrestre, les missions sur la Lune obligent les astronautes à voyager plus longtemps dans l'espace. Cet apprentissage se poursuit, car les astronautes visent aujourd'hui Mars…

VRAI ? OU ? FAUX

L'ISS est la première station orbitale.

Faux. En 1973, les Américains ont lancé Skylab, la toute première station orbitale. Puis en 1986, l'URSS a mis en orbite Mir, la première station habitée en continu, avant l'ISS.

ISS

Skylab

Mir

Quand on voyage à l'intérieur d'une station orbitale, quels sont les effets de l'apesanteur sur notre corps ?

1. On se sent plus fort.
2. On a tout le temps l'impression d'avoir la tête en bas.
3. On devient moins musclé.

3. Notre corps n'est pas conçu pour l'apesanteur, qui nous empêche d'utiliser nos muscles. Sans entraînement, ceux-ci deviennent alors plus petits et plus faibles. C'est pour cette raison qu'il y a une salle de sport dans l'ISS !

Si on cumule tous ses vols, combien de temps le Russe Guennadi Padalka a-t-il passé dans l'espace ?

1. 3 jours.
2. 879 jours.
3. 15 000 jours.

2. La Russie détient tous les records de séjours longs dans l'espace. À lui seul, Guennadi Padalka, l'homme qui a passé le plus de temps dans l'espace, a effectué 5 vols et cumulé 879 jours en orbite.

VRAI ? OU ? FAUX

Les astronautes mangent moins dans l'espace parce qu'ils sont au régime.

Faux. Les astronautes ont besoin de bien manger pour rester en forme pendant leur mission. Mais l'apesanteur coupe l'appétit et il est parfois difficile pour eux de bien se nourrir. Heureusement, de grands chefs préparent parfois aux astronautes français des repas exceptionnels !

Comment font les astronautes pour dormir en apesanteur ?

1. Ils se laissent flotter dans la cabine.
2. Ils ne dorment pas.
3. Ils dorment dans des sacs de couchage attachés aux parois.

3. Le sommeil est très important pour les astronautes. À bord de l'ISS, ils se relaient pour dormir à l'intérieur de sacs de couchage bien accrochés aux parois.

LA NAVETTE SPATIALE

Pendant la course à l'espace, les vaisseaux étaient « jetables » et ne servaient qu'une seule fois. Comme chaque vol coûtait très cher, la NASA a inventé le premier vaisseau réutilisable : la navette spatiale.

UN AVION DANS L'ESPACE

La navette spatiale américaine (*Space Shuttle*) a été utilisée par la NASA entre 1981 et 2011. Elle ressemble à un avion, mais décolle à la verticale comme une fusée avec l'aide de deux propulseurs et de leur gros réservoir, tous trois largués en vol. Arrivée en orbite, sa grande soute s'ouvre en deux, et un bras robot permet de livrer des satellites ou des éléments de la Station spatiale internationale. Une fois sa mission dans l'espace terminée, elle revient sur Terre et atterrit sur une piste, comme un planeur.

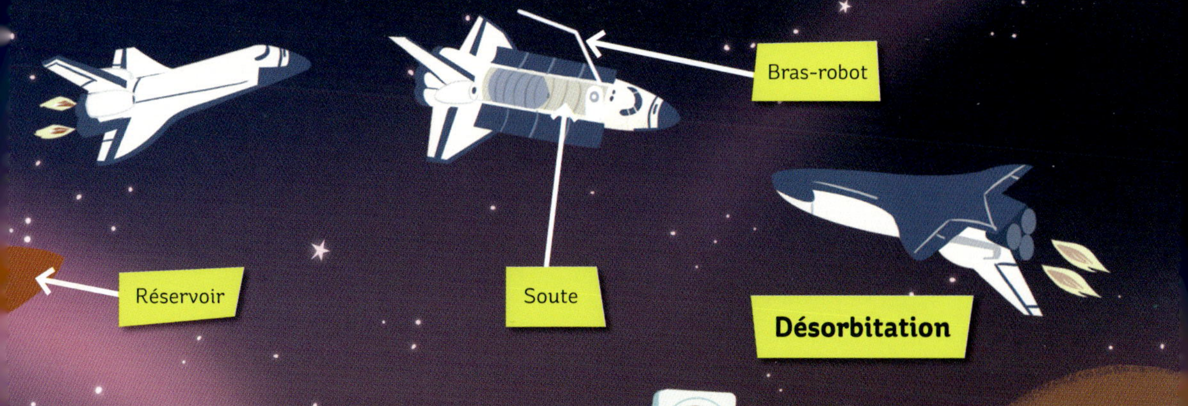

CHIFFRES-CLEFS

5 *exemplaires construits.*

2 *navettes détruites.*

135 *vols au total (pour les 5 navettes).*

8 *astronautes à bord (commandant, pilote, 3 spécialistes de mission, et 3 spécialistes de la charge utile), 2 au minimum. Possibilité de monter à 11 personnes pour une mission d'urgence.*

LES ENGINS DE L'ESPACE

Depuis le début de la conquête spatiale, l'homme a envoyé de nombreux objets dans l'espace.

L'ESPACE AU SERVICE DE NOTRE QUOTIDIEN

Tous les jours, nous utilisons les satellites en orbite autour de la Terre. Certains permettent de téléphoner, d'accéder à Internet ou de regarder la télévision. D'autres observent les nuages pour prédire la météo et étudier le climat. Enfin, les nombreux satellites du système GPS américain (ou du Galileo européen) indiquent notre position n'importe où sur Terre.

À LA LOUPE

En 1990, la NASA a mis en service le télescope spatial *Hubble*. Placé en orbite à 590 km de la Terre par la navette américaine, il doit fonctionner jusqu'en 2030 !

DES YEUX DANS L'ESPACE

Les militaires utilisent des satellites-espions pour surveiller l'ennemi sans être vu. Il existe aussi de gros télescopes spatiaux qui permettent aux scientifiques d'étudier les étoiles et les planètes plus en détail que depuis la Terre. Le satellite européen *Planck* permet par exemple d'étudier le ciel pour percer le mystère des origines de l'Univers.

DES OBJETS ENVOYÉS TOUJOURS PLUS LOIN

Comme les voyages dans l'espace sont longs et dangereux, nous envoyons d'abord des petits vaisseaux sans pilote, appelés « sondes ». Ce sont elles qui ont photographié la Lune avant de s'y poser, et vérifié qu'il n'y avait pas de Martiens sur Mars ! Elles envoient leurs enregistrements aux astronomes qui les étudient.

Qui l'eût cru ?

Après plus de 45 ans de vol, la sonde spatiale *Voyager 2* envoie encore aujourd'hui des informations à la NASA ! Premier objet humain à avoir survolé Uranus et Neptune, elle a quitté le Système solaire en 2018.

DES DÉBRIS DANS L'ESPACE

Les étages des fusées abandonnés une fois en orbite restent dans l'espace. Ils tournent autour de la Terre, comme les satellites hors service, ou les outils perdus par les astronautes. Ces débris, de plus en plus nombreux, sont dangereux pour les astronautes qui sortent dans l'espace et peuvent endommager les vaisseaux spatiaux.

UNE JOURNÉE À BORD DE L'ISS

La Station spatiale internationale (en anglais, l'*ISS*) est la plus grande construction orbitale assemblée par l'homme dans l'espace. Elle est occupée en permanence depuis l'année 2000 par un équipage international.

QUE FAIT-ON À BORD D'UNE STATION ORBITALE ?

L'ISS fait 16 fois le tour de la Terre chaque jour. Elle permet de recréer un long voyage dans l'espace, et entraîne les astronautes à vivre en apesanteur. Pendant leur séjour, les astronautes ont toujours de nombreuses choses à faire !

À LA LOUPE

Pour acheminer la nourriture et le matériel à bord de l'ISS, on profite de l'arrivée d'un nouvel équipage. Mais comme cela ne suffit pas, des vaisseaux cargos sans pilote ravitaillent aussi la station !

CULTIVER EN ORBITE

Un voyage vers la planète Mars durera à lui seul six mois. L'équipage ne pourra pas emporter assez de nourriture. Il faudra la produire à bord ! C'est pour cela qu'on cultive des plantes dans l'ISS, et qu'on vérifie qu'elles poussent normalement.

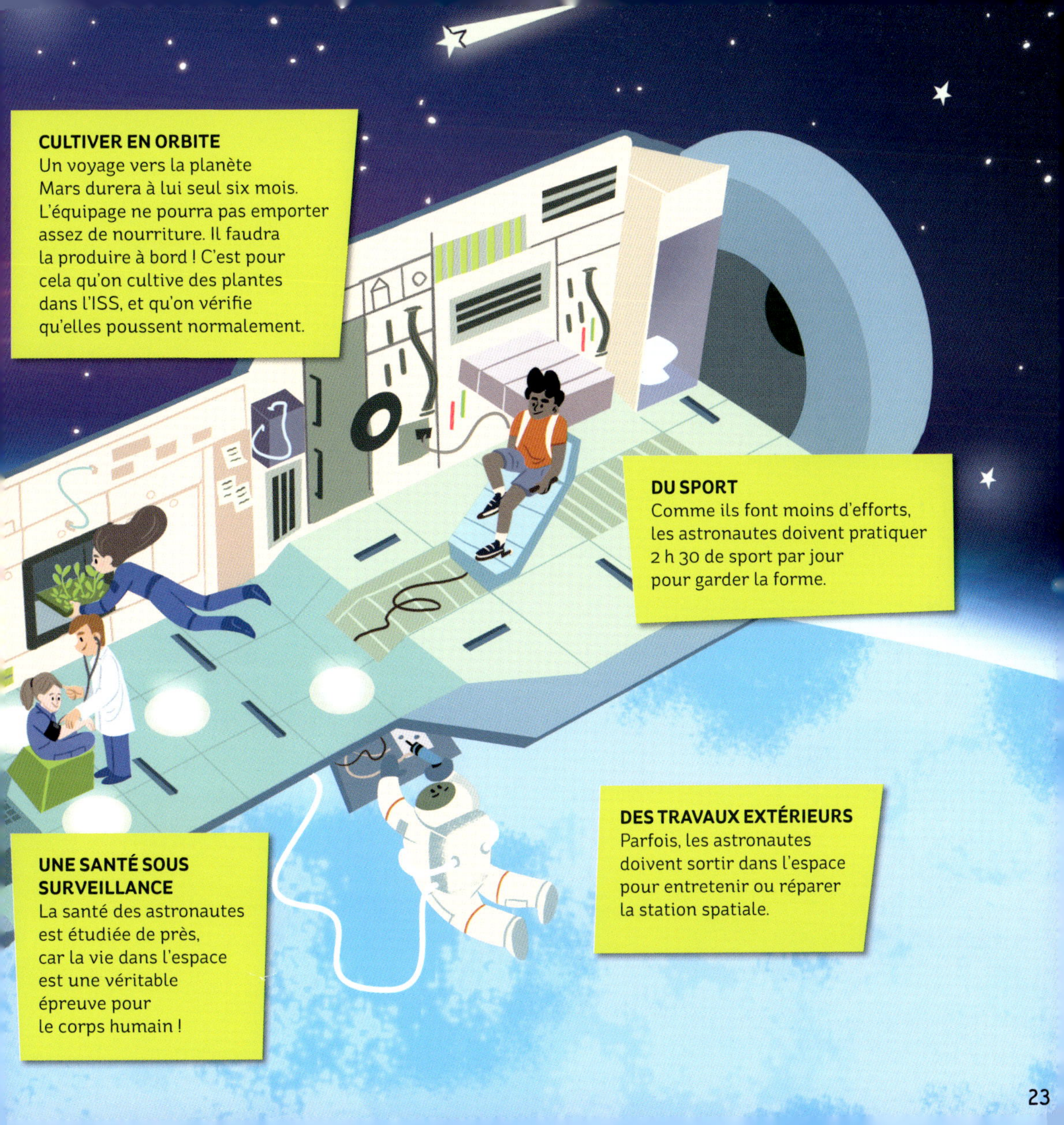

DU SPORT

Comme ils font moins d'efforts, les astronautes doivent pratiquer 2 h 30 de sport par jour pour garder la forme.

UNE SANTÉ SOUS SURVEILLANCE

La santé des astronautes est étudiée de près, car la vie dans l'espace est une véritable épreuve pour le corps humain !

DES TRAVAUX EXTÉRIEURS

Parfois, les astronautes doivent sortir dans l'espace pour entretenir ou réparer la station spatiale.

ÊTRE ASTRONAUTE

Devenir astronaute est le rêve de beaucoup, mais très peu de personnes y parviennent. Qui sont les heureux élus ?

QUI PEUT PARTIR DANS L'ESPACE ?

Les premiers vaisseaux spatiaux étaient dangereux et difficiles à commander. Les astronautes étaient alors tous pilotes d'essai ou militaires. Aujourd'hui, ils sont recrutés pour différentes spécialités. Médecins, biologistes, ingénieurs ou physiciens, les nouveaux astronautes étudient le comportement du corps humain, des animaux, des plantes et des matériaux dans l'espace. Leur formation et leur entraînement durent plusieurs années : il faut être patient pour s'envoler dans l'espace !

POUR QUI TRAVAILLENT LES ASTRONAUTES ?

Les astronautes européens sont sélectionnés par l'Agence spatiale européenne (*European Space Agency*, l'ESA, en anglais). Ils collaborent ensuite avec les Américains, les Japonais, les Canadiens et les Russes pour observer l'espace et participer à des missions habitées, comme l'ISS.

LA COMBINAISON SPATIALE

Pour se déplacer facilement à l'intérieur des vaisseaux ou de l'ISS, les astronautes portent des tenues légères. Mais pour leurs sorties extra-véhiculaires, ils doivent enfiler une combinaison plus épaisse, qu'on appelle aussi « scaphandre », qui les maintient à la bonne température. Car dans l'espace, il fait très chaud au soleil (jusqu'à +150° C) et très froid à l'ombre (-120°C) !

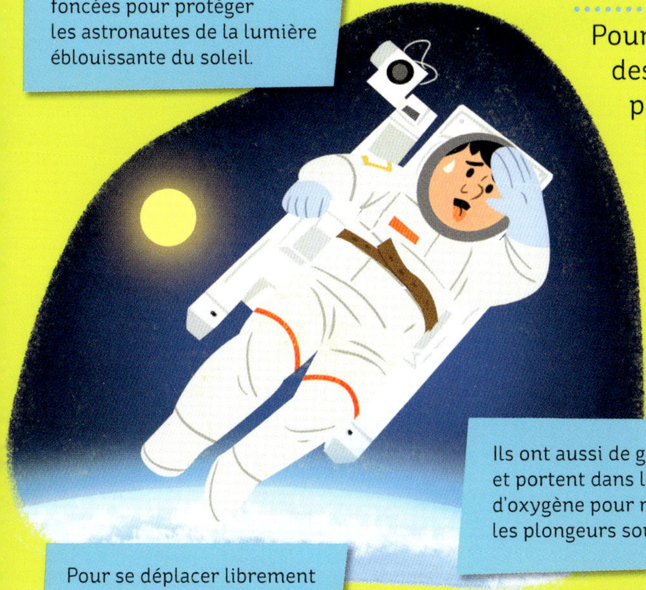

Les casques ont des visières foncées pour protéger les astronautes de la lumière éblouissante du soleil.

Ils ont aussi de gros gants résistants et portent dans le dos des réservoirs d'oxygène pour respirer, comme les plongeurs sous-marins.

Pour se déplacer librement autour de leurs vaisseaux ou de l'ISS, les astronautes ont de petits moteurs accrochés dans le dos.

Le sais-tu ?

Le Cosmodrome de Baïkonour est une base spatiale russe. C'est la plus active du monde avec près d'une quinzaine de lancements par an. De nombreux astronautes y décollent, notamment pour rejoindre l'ISS.

L'ESPACE AUJOURD'HUI

La conquête spatiale a d'abord été le théâtre d'une compétition entre deux grands pays. Aujourd'hui, l'espace attire d'autres nations, mais également des sociétés privées.

Qui peut aller dans l'espace ?

1. Tout le monde.

2. Des astronautes et des personnes très riches.

3. Seulement les astronautes.

2. Des compagnies spatiales privées proposent des vols touristiques en orbite. Mais comme cela coûte très cher, seuls quelques milliardaires peuvent s'offrir un billet.

VRAI ? OU ? FAUX

Tous les pays ont une agence spatiale.

Faux. Beaucoup de pays s'intéressent à l'espace, mais peu d'entre eux ont une agence spatiale active, capable de former des astronautes. Les principales agences spatiales sont la NASA (États-Unis), la CNSA (Chine), l'ESA (Europe), Roscosmos (Russie), et la JAXA (Japon).

VRAI ? OU FAUX ?

Les Chinois ont assemblé leur propre station orbitale.

Vrai. Depuis 2011, des astronautes chinois ont séjourné en orbite à bord de deux petites stations orbitales. Une nouvelle station orbitale plus grande est même prévue pour 2022.

Y aura-t-il un jour des hôtels dans l'espace ?

1. Il y en a déjà !
2. Pas avant plusieurs années.
3. Jamais, c'est trop dangereux.

2. Plusieurs projets existent, dont celui d'une société américaine qui promet l'ouverture d'un hôtel en orbite dès 2027. Mais il reste encore beaucoup de problèmes techniques à régler avant d'en commencer la construction.

VRAI ? OU FAUX ?

Aucun film de cinéma n'a été tourné dans l'espace.

Faux. Une actrice et un réalisateur russes ont tourné la partie d'un film en octobre 2021 à bord de l'ISS. Ce film raconte l'histoire d'une femme médecin envoyée en urgence dans l'espace pour opérer un astronaute malade dont l'état de santé ne permet pas de rentrer sur Terre. Ils ont devancé l'acteur américain Tom Cruise, qui prévoit lui aussi de tourner en orbite.

L'EXPLORATION CONTINUE

Aucun astronaute n'a quitté l'orbite terrestre depuis la dernière mission Apollo sur la Lune, en 1972. Mais dans les années à venir, des vols habités vont s'aventurer de plus en plus loin !

RETOUR SUR LA LUNE

La mission Artemis III de la NASA permettra à la première femme de marcher sur la Lune, au plus tôt en 2025. Par la suite, une base permanente sera installée près du pôle Sud lunaire, où de la glace piégée dans le sol fournira de l'eau aux astronautes. Européens, Japonais et Canadiens y participeront. De leur côté, les Russes collaborent avec les Chinois pour marcher sur la Lune avant 2030.

INCROYABLE mais vrai !

En 2024, une nouvelle station spatiale sera construite par la NASA et l'ESA, en orbite autour de la Lune. Lunar Gateway facilitera les voyages vers la Lune et deviendra ensuite une étape pour gagner Mars !

Robot sur Mars

OBJECTIF MARS

Parce qu'elle ressemble à la Terre, Mars intrigue les scientifiques depuis toujours. Pour mieux l'étudier, de nombreuses sondes l'ont survolée, puis des robots se sont posés à sa surface. Mars sera la première planète du Système solaire à être visitée par un équipage. Mais le voyage pour la rejoindre est si long et difficile, qu'il faut inventer de nouveaux vaisseaux !

EN ROUTE VERS VÉNUS

D'ici à 2029, la NASA lancera deux sondes vers Vénus, la planète la plus proche de nous. Depuis son orbite, Veritas photographiera sa surface. Quant à Davinci+, elle larguera une mini sonde dans son atmosphère encore méconnue, pour savoir si Vénus a un jour abrité un océan... et pourquoi pas des êtres vivants ?

DAVINCI+ largue une mini sonde dans l'atmosphère de Vénus

LE GRAND QUIZ

La conquête spatiale n'a plus de secret pour toi ? Voyons voir...

QUESTION A

Grâce à quelle invention les hommes ont-ils pu atteindre l'espace ?

1. L'arbalète
2. Le trampoline
3. La fusée

QUESTION B

Qu'est-ce que l'ISS ?

1. La Sauce pour Salade Intergalactique
2. La Station spatiale internationale
3. La Soucoupe Spéciale Innovante

QUESTION C

Comment appelle-t-on l'ensemble des opérations permettant de faire tourner un engin spatial autour d'une planète ?

1. La mise en orbite
2. La balade en sorbet
3. Le voyage à la va-vite

QUESTION D

Sur quelle planète, proche de nous, l'homme prévoit-il de marcher dans un futur proche ?

1. Jupiter
2. Neptune
3. Mars

QUESTION E

Comment s'appelait la chienne envoyée dans l'espace par les Soviétiques en 1957 ?

1. Milou
2. Idéfix
3. Laïka

QUESTION F

Le premier homme envoyé dans l'espace était :

1. Soviétique.
2. Japonais.
3. Italien.

QUESTION G

Termine la première phrase de Neil Armstrong sur la Lune :
« C'est un petit pas pour l'homme…

1. … mais j'ai oublié mes baskets. »
2. … mais un grand pas pour l'humanité. »
3. … mais j'ai cassé mon appareil photo. »

QUESTION H

Comment s'appelle l'astronaute française qui s'est envolée la première dans l'espace ?

1. Marie Curie
2. Claudie Haigneré
3. Amelia Earhart

QUESTION I

Pour aller dans l'espace, les astronautes enfilent une combinaison.
Mais que portent-ils dans le dos ?

1. Une lampe de poche
2. Des réservoirs d'oxygène
3. Un saxophone

QUESTION J

Quel objet spatial nous permet d'accéder à Internet ?

1. La fusée Falcon 9
2. La navette spatiale
3. Le satellite

Réponses : A3, B2, C1, D3, E3, F1, G2, H2, I2, J3.

2 800 av. J.-C.
Les hommes préhistoriques observent les étoiles depuis le site de Stonehenge.

Fin du XIXe siècle
Constantin Tsiolkovski imagine une fusée à plusieurs étages.

1926
L'Américain Robert Goddard lance sa première fusée.

1944
Invention des missiles V2 par des ingénieurs de l'Allemagne nazie

1955
Début de la course à l'espace entre les USA et l'URSS

4 octobre 1957
L'URSS met en orbite le premier satellite artificiel, *Spoutnik 1*.

3 novembre 1957
La chienne Laïka est le premier être vivant envoyé dans l'espace.

29 juillet 1958
Création de la NASA

12 septembre 1959
La sonde soviétique *Luna 2* atteint la surface de la Lune.

12 avril 1961
Youri Gagarine est le premier homme dans l'espace.

16 juin 1963
Valentina Terechkova est la première femme dans l'espace.

21 juillet 1969
Neil Armstrong marche sur la Lune.

1973
Lancement par les Américains de Skylab, la première station orbitale.

1986
L'URSS met en orbite Mir, la première station orbitale habitée en continu.

Août 1996
Claudie Haigneré est la première Française dans l'espace.

1998
Première mission vers la Station spatiale internationale